아침에 해 지는 마을

마을 입구

지은이가 태어난 우천리 우천마을은 경남 사천시 사남면 사무소에서 동쪽으로 도로를 따라 구룡못의 끝자락에 자리했다. 사천의 주산인 와룡산이 뻗어 내린 한 갈래와 북쪽의 이구산 속에 파묻힌 듯 형성되었다. 물이 맑고 깨끗하고 아침 저녁의 기온차가 심하여 벼의 질이 좋기로 정평이 나있는 곳이다. 특히, 경남도 청에서 바리안마을로 지정하였다. 마을에서 직접 삼을 심고, 베고, 삼솥에서 찌고, 껍질을 벗기는 작업을 공동으로 하는 두레가 아직도 맥을 이어가고 있다. 바리안베는 아주 고운베를 나타내는 말로서 이 마을의 특징을 이미지화 하여 만들어진 것이다.

1959년 산골 아이가 지은 동시

아침에 해 지는 마을

글·그림 김세연

GASAN BOOKS

아침에 해지는 마을

2016년 11월 22일 1쇄 발행

지은이 | 김세연
펴낸이 | 이종헌
펴낸곳 | 가산출판사 IVY HOUSE / GASAN BOOKS
주 소 | (03735) 서울특별시 서대문구 경기대로 76(2F)
76 Kyonggidae-ro, Seodaemun-gu, Seoul, 03735, KOREA
Tel (02) 3272-5530 Fax (02) 3272-5532
등 록 | 1995년 12월 7일(제10-1238호)
E-mail | tree620@nate.com
ⓒ 김세연, 2016
ISBN 978-89-6707-016-8 03810

값 9,000원

여기 어린 시절을 추억하며, 1959년 초등학교 다닐 때 지은 동시와 그림 55편을 싣는다. 그림이 다소 유치하고 촌스럽더라도 그것이 오히려 더 사실적이고 소박함이 묻어나는 것이라 여겨 감히 넣어 보았다.

차 례

삼씨를 뿌리다

삼이 자라다

삼을 베다

삼을 베다

물레 돌리기 체험장

삼베 짜는 베틀

제1편
울밑의 귀뚜라미

강남 제비

작년에 갔던 제비가
대한 봄이 그리워 찾아 왔지요.
멀고먼 태평양 지나 남쪽나라에서
대한에 찾아 왔지요.
전깃줄의 제비는 강남 갔던 제비
지지배배 지지배배 노래 부르고
처마 밑에 집 지은 강남 제비여!

강아지

엄마한테 떨어진 우리 강아지

저녁이면 슬픈듯이 울고

낮이면 두 눈 뜨고 졸래 졸래

우리한테 따라다니고

학교 갔다 돌아오면

새 옷 나의 옷 때 묻히고

빨래하려가는 어머니 뒤를 따라가

빨래 옷 입에 물고

딸랑 딸랑 집으로 와요.

고양이

고양이는 버릇이 아주 나빠요
밥 먹고 손으로 낯을 씻거든요

고양이는 용감하고 씩씩도 해요
고방에서 양식 먹는 쥐놈을
두 눈을 똑바로 보고서
화그작 잘도 잡아요.

고양이는 달음박질 잘도 해요
나보다 두 배 세 배 더 빠르거든요

다 훌륭하지만 낯 씻는 버릇이
제일 나빠요

기러기

추위를 모르는 한동물 기러기
가을밤 쓸쓸한데
너희들은 짝 지어 어디로만 날아가지
북한은 춥겠지 여기보다도
내년엔 북한의 노동자들이 흘린 피를
묻혀 오너라.
그러면 그들의 괴로움을 알겠지
우리는 추우면 못 살겠는데
너희들은 추위를 좋아하구나
북한은 정말 독재 정치지?
아마 너희들도 못 살게 하지?
여기 남한 땅에 살아라 행복하게
중강진은 몇 도나 되지?
말 못하는 너의 신세
그래도 슬퍼 말아라.

다람쥐

산골짝의 다람쥐
긴 꼬리 지니고 있는 다람쥐
하늘같이 높은 나무
팔닥 팔닥 뛰어
이리로 저리로 재주 부리지요

송이송이 밤송이 입에 물어
멀고 먼 자기 집에
물어 놓지요

단풍잎 떨어지면
고까옷 입는 산골짝의 다람쥐래요.

병아리

삐약삐약거리는 노랑 병아리
주먹만 한 병아리 귀여웁구나.
어머니 품속에서 포근히 보호받고
등 위에서 숨바꼭질하네요.
서로서로 정답게 먹이 찾고나
노란 주둥이로 물 한 모금 먹고
하늘 한 번 쳐다보네.
엄마가 꼬꼬고 하면
병아리는 삐약삐약
찾아서 가네.

숲속의 뻐꾸기

앞산 뒷산 뻐꾸기 뻐꾹이는 뻐꾸기
오늘도록 날 새도록 뻐꾹 거리느냐.
너의 아빠 죽었나. 너의 엄마 죽었나.
오늘도 여전히 이 산에서 뻐꾹
저 산에서 뻐꾹.

울밑의 귀뚜라미

달님이 빛을 내는 고요한 밤에
가시밭 울밑에서
아기 귀뚜라미 울지요.

기러기 날개 치며 날아갈 때에
움집 울밑에서
움집 귀뚜라미 울지요.

집 뒤 돌담길

제 2 편

어머니

거지

거지가 정말로 불쌍한가?

행복한가? 어떠한가?

이 집 저 집 다니며 얻어먹는 그들

아침에 낯도 씻지 않고 다닌다.

아마 바빠서 그렇겠지.

아냐, 거지는 게으름뱅이일 거야.

남의 집에 시중이라도

보리와 밀 베고

가을 추수에 남의 일 해 주지.

아마 모든 사람이 쑥쑥 하다고 싫어할 거야

그러나 사람은 나면서부터

도둑놈이 아닐 거야

이런 의미로

6·25 때 집 잃은 사람은 동정하고 싶으나

저절로 된 것은 아주 미워요.

아마 거지는 노력이란 없을 거야.

만날 놀고먹으려 하고 싸움이나 하고

참으로 거지는 악질이더라.

동정심이 나지 않더라.

찢어진 옷도 실과 바늘을 얻어 꿰매면 될 텐데

거지는 게으름뱅이 노력 없는 이들

해 놓은 밥 얻어먹고 정말이야 정말.

축음기

나

오늘은 웬일인지 새삼스럽게
돌아가신 우리나라 위인들의
생각이 머리에 떠오르지요.
체조하고 방에 들어 와
책장을 넘길 때
우리나라 위인들
생각은 여전히 떠오르고
나의 장차의 희망이 밝아지지요.

나그네와 달

어둡고 캄캄한 밤에 나그네의 길
달이 동무가 되네요.
홀로 가는 나그네와 동무가 되죠.
캄캄하고 어두운 밤길에 나그네
눈물 흘리는데
달이 동무가 됩니다.

농부

논에서 먹이 찾아 일하시는 농부
일에만 열중하는 농부
괭이로 판 땅은 훌뚝 뛰고
손목에는 운동살이 불뚝합니다.
머리에는 구슬 같은 땀방울이
주렁주렁 달려도
그래도 일 하시는 농부
광명한 햇빛이 비췰 때까지
긍긍긍 긍긍거리며 일하시노라
일! 농부! 농촌!
이 모다 우리의 것
우리의 할 일과 희망과 살 곳.

상이군인

우리나라 위하시다 부상된 군인
슬프도다 그에 이름 상이군인이여.

민족 위해 몸을 바친 불쌍한 군인
도와주자 언제서나 상이군인이여.

애처롭게 손발까지 잃으셨으니
한결같은 몸을 바친 상이 인이여.

아버지

백설을 휘날리는 우리 아버지
고개는 고개는 50고개 넘고는
돈 주라 여쭈면 돈 주고
옷 사주라 여쭈면 옷 사주는 우리 아버지
흰 수염이 많이 나 무섭겠지만
그래도 그래도 매질 안 해요.
머리는 머리는 우리 위해 세었나 보군
고마워요 아버지 고마운 아버지
은혜를 은혜를 갚아 드리겠어요.
우리 아버지.

어머니

어머니의 품속은 따뜻하지요.
오늘도 어머니 품속에 꼬막 같은
손을 넣으면 따뜻하지요.
어머니의 젖꼭지는 부드럽지요.
어렸을 때 모양으로 만져 보며는
젖꼭지는 젖꼭지는 부드럽지요.

어머니의 눈동자는 인자하지요.
아들 위해 힘써 주는 어머니의
눈동자는 인자하네요.

어머니의 치마폭은 포근하지요.
숨바꼭질하다 어머니
치마폭에 숨고 싶지요.
어머니의 머리는 호호 백발 머리죠.

우리 위해 한 가닥씩 세었나 봐요.

우리 위해 힘쓰는 어머니
어머니 어머니 우리 어머니.

청탄정 재실을 가고 오는 집 뒤 돌담길

충무공

조국의 햇살이 하늘에 빛날 때면
온 세상이 광명한 햇살을 볼 때면
충무공의 초상은 영원히 빛나고
초라한 몸치장에 나라 근심하시나니
아! 조국의 위인이여!
조국의 등불이신 충무공이시여!
요란한 싸움터에 맨몸으로 맨몸으로 장검 드시니
아! 내 사랑하는 그이여 충무공이시여!
아! 내 생각하는 그이여 충무공이시여!
고요히 외쳐라 충무공이여!
조국의 햇살이 하늘에 빛날 때면
충무공의 얼굴이 선하게 떠오른다.
불철주야 불타는 애국심
슬플 때나 기쁠 때나 불타는 애국심
아! 내 조국 위하고 내 조국 구하였으니

아! 내 나라 위하고 내 나라 구하였으니

오직 한마음 내 조국 사랑하는 맘

불철주야로 나라 생각하는 애국심

만고천하 빛날 충무공이시여.

고마리와 여뀌가 자라는 시내

형님

형님…….

불러도 대답 없이

부모 위해 일하는 열성

하루도 쉬지 않고 실행하는 형님이여.

고마운 형님

천리의 서울 타향에 가

아우 위하는 고마운 형님이여

비행기로 타고 갈까?

구름을 타고 갈까?

그리운 형님한테로.

마을에 처음 터를 잡은 기록을 적은 비석

제3편

산골짝의 물

가을 하늘

호수같이 맑고 깨끗한 하늘에

목화송이 둥둥 떠가고

살랑 부는 가을바람에

날개를 휘날리며 날아다니는

빨간 고추잠자리

저 맑고 아늑한 하늘에는 누가 있을꼬?

고요히 눈 감아도 파란 하늘

몇 날이나 올라가야 끝이 있을까?

꿈나라에서 보아도 파란 하늘

저 하늘엔, 구름 둥둥, 잠자리 훨훨

아무리 보아도 파란 하늘

거기엔 이북에서 신음하는 소리가 들리는 것 같아

그 때 우리 애국선열들이

울부짖는 소리 들리는 것 같아

아 아 아 아

가을 하늘 아득히 보면

괴뢰군과 싸우시다 전사하신

우리 국군 생각이 나

파란 하늘엔 천당으로 돌아가신

우리 국군 아저씨가

선녀들과 마주하여 춤추는 것 같아

공산군 괴뢰군 쳐부수라고

고요히 고개 숙여 기도하는 것 같아.

집 뒤 대나무

고갯길

깜박 깜박 고갯길을
지나는 젊은 나그네.
정든 고향으로 가는구나.
고갯길을 지나서 가는군요.

고드름

시골의 아이스케이크인 고드름
겨울의 아이스케이크인 고드름
처마 밑에 주렁주렁
바위틈에도 주렁주렁

64

구름

하늘에 하늘에 그림을 그려 놓았다.
바둑이와 토끼를 그려 놓았네.
누가 저런 그림을 그려 놓았나.

하늘에 하늘에 꽃마차 있다.
누가 타고 가나요 궁금이래요.
그림책을 펴들고 지나가지요.

봄1

먼 산에 아지랑이 아롱거리고
살구꽃 향기로운 나뭇가지에
멋새가 봄을 찾아 노래하는데
진달래 꽃봉오리 입에다 물고
봄이 왔어 봄이 와 노래하는 맘

벌 나비 한들한들 춤추는 봄엔
보리밭 종달새는 하늘에 날고
개천에 시냇물은 졸졸 흐르고
이내몸 봄이 온 줄 어이 메인고.

봄2

여전히 비취는 창문 햇살에
멍멍 짖는 바둑이 기지개 펴고
들창 앞에 시냇물 하염없이 흐르는데
새파란 하늘 아래 꿈꾸는 이내 몸
불그레한 저녁놀 보오얀 희망봉
자유의 새싹들 움트는 강산에
하느님이 보내신 선물이길래
해마다 해마다 올해도 내년도.

산골짝의 물

산골짝의 물은 폭포수래요.
바위틈을 세워서 졸졸 흘러요.

산골짝의 물은 방해 놓고 지나지요.
봄 찾아 새싹 트는 버들강아지를
방해 놓고 지나지요.

산골짝의 물은 곱고 맑아요.
흐르는 모양 보면 곱기도 하고
먹으면 먹으면 맑고 맑아요.

샘물

산골짝의 샘물아 누구 있다고

홀로 피는 진달래와 동무된다고

그 누구의 동무냐

무더운 여름에 나무꾼의 먹이

고운 물 맑은 물아

누가 너를 그 산골짝에 있으랴 하더냐

언제나 동무 없이 눈물 흘리지 말고

넓고 넓은 바다로

어서 가자 바다로.

소나기

흙색 구름 둥둥 떴다.

밑으로 내려 본다.

하늘에서 재주를 부려요.

옥구슬이 내려와요.

뚝뚝하며 떨어져요.

하나님이 쓰다버린 푸른 구슬인가 봐.

우리는 학교에 가요.

푸른 보리 어쩌려고 기다리지 않았다.

홀로 방에 누워 있다.

빗소리는 그치지 않았다.

홍수가 지나요 아버지의 걱정

빨래 못해 걱정하시는 어머니

봄비 소나기야, 오지 말아다오.

부모님 걱정하신다.

시냇물

졸졸졸 노래하며 흐르는 시냇물
옆집 방 아가씨 장단 맞추는데
시냇물은 즐겁게 노래하네요.

물레방아 만드는 시냇물
구슬 만드는 시냇물
발 씻으러 갔다가 정신 팔려서
시냇물과 즐겁게 장난하지요.
나뭇잎 떨어지면 나룻배 만들지요.

아침 공기

아침 공기를 들이마시며
아침 체조하는 마음엔
하루의 계획이 세워지는 듯
가슴이 넓어지는 듯
아침의 공기는 맑고 맑아
구름이 쫓게 가는 듯
공중에 날아가는 듯
쫓겨 가는 구름은 공기가 되어
아침 맑은 공기가 되었나 보노라.

아침 햇빛

힘차게 들어오는 햇빛, 아침 햇빛.
맑은 공기 마구 차고 들어오고요.
처마 밑의 강아지 부스스
잠 깨어 일어나는데,
햇빛은 더욱더 비춰옵니다.

아름다운 우리 마을 햇빛 비추면,
모두들 힘차게 노래 부르고,
재건 체조 힘차게 구령 맞춰서,
새나라 새아침에 힘차게 힘차게 나갑니다.

눈부시게 비춰주는 아침 햇빛은,
온 세상 사람들의 건강을 위해,
행복을 위해 이른 아침 여전히,
비추이는 햇빛, 빛나는 아침 햇빛.

언덕

앞들의 언덕 위는 파란 잔디
앞들의 언덕 위는 피리 부는 소년
앞들의 언덕 위에 소년의 동생
소녀가 반직개 놀이하네.

앞들의 언덕 밑에 조그만 개고랑
앞들의 언덕 밑에 버들강아지들
앞들의 언덕 저쪽 밭가는 농부
그 저쪽 버드나무들
언덕 밑의 개고랑물은 넓은 바다로 간다고
버들강아지 스치면서 즐겁게 달려가는 것 같네
피리 소리 소 부리는 소리 송아지 소리가
막 함께 퍼져 나간다.

은하수

푸른 하늘에 옥구슬 뿌려 놓았네요.
멋들어지게 줄지어 달리고 달리죠.

푸른 바다에 빠질까 봐 쪼들쪼들하죠.
옆에 흰옷 또 공이 잘도 달리지요.

짙은 안개

멀고 먼 산골에서 지나온 짙은 안개
꿈결같이 지나온 짙은 안개
마음속의 천연을 보여 주는 안개
수평선이 보일 듯 말 듯 보이는
덮은 짙은 안개
고기잡이 어부들이 바닷가 가면
짙은 안개 속을 넘치고
지나는 고동소리 요란합니다.

첫서리

호박도 홀몸으로
가로수도 홀몸으로
지붕 위의 첫서리는
겨울의 시초.

첫여름

손이 나왔어요 발이 나왔어요.
좋아라 움직이는 귀여운 생물
풀피리는 여전히 들려오고요.
해수욕장 아이들 마음엔
첫여름의 기쁨이 가득 찼지요.

5월의 마을 앞 구룡못과 주변

제 4 편
가을 산 단풍잎

가랑잎

가랑잎 흔들리는 고요한 밤거리
싹싹싹 싹싸그락.......
귀뚜라미 소리와 함께
고요하게 흔들리네요.

가랑잎 달빛 아래 금빛같이 비추이네요.
가랑잎 밤거리에 옥구슬같이 굴러가네요.
가랑잎은 고요한 때만 보이네요.

감

높고 높은 나무엔 빨간 것 하나
하늘아래 나무엔 맛좋은 것 하나
저것은 감이로다. 맛좋은 감.
무엇으로 따서 먹나 궁금이래요.
음. 까치님이나 까마귀님이 먹다
떨어뜨리면 아니 될까
아! 저 맛좋은 감은…….
언제나 저 감 땜에
공부 못해요.

98

가을 산 단풍잎

붉은 산 붉은 잎 노랑 산 노랑 잎.

예쁜 치마 갈아입고요.

오늘도 산들산들 붉은 노랑 잎.

가을의 단풍은 내 마음의 하나요.

아! 어여쁜 가을 산이로다.

부엉이 노래하는 가을 산 단풍잎.

금빛 같은 잔디

잔디에 잔디에 푸른 구슬 맺혔다.

봄비가 내놓은 사탕 같은 구슬이지요.

금빛 같은 잔디가 은돈 금돈 맺혔다.

동그라한 은돈 금돈은

봄비가 내놓은 구슬이지요.

들국화

찬 서리에 활짝 핀 들국화야
일 년 중 추운 계절에
벌 나비 싫어하는 들국화야
딴 꽃은 어느 새 자손을 퍼트리고
그의 모습은 없어졌지만
들국화 너는 그 추운 날씨도 오직 추위를
무릅쓰고 살아가느냐.

생명이 끊어질 때까지는 하루라도 해님이
구름 속에 들어가지 않도록 기도 드려라
추운 날씨에도 만인의 마음을
기쁘게 하려고 하느냐

들국화의 얼굴은 윤이 난다 윤이나
하루도 낯 안 씻을 때 없으니
들국화의 굳은 절개와 깨끗한 것은
만인의 마음을 감동시키겠구나.

그 들판에는 너의 동무라곤 하나도 없이
그래도 설움 말고 살아가는 그 모습
단, 산속 솔부엉이 울음소리에
귀를 갸웃할 뿐
움집에서 귀뚜라미만이 우는
가을밤 고요한데
저 들판에 들국화만이
한결 같은 얼굴로 달님을 바라보며
빵긋 웃는다.

금불초

들국화야

찬 서리에 함빡 피어난 들국화야
동무 없는 넓은 들판에 너 혼자만이
외롭고 한이 없겠지
너는 누굴 동무하려나.
늦은 가을 이제까지 꽃이 피었네.
산속의 부엉이 종종 오라 부탁하려무나.
들 들국화야 들국화야
너 혼자 무얼 그리 서서만 있니?
들국화야 향기로운 들국화야.

빨간 고추

아기의 장난감인 빨간 고추

보기 좋고 고운 빨간 고추

통에는 통에는 촌색시들이

한두 명이 아니라

수백 명이죠. 빨갛고 매운 빨간 고추

아버지가 즐겨 하시는 빨간 고추.

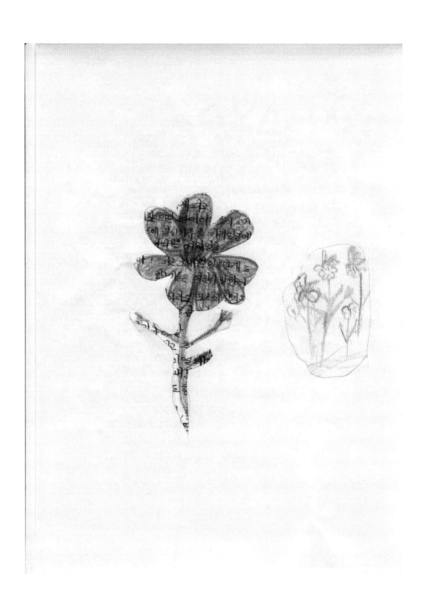

코스모스

가을바람이 코스모스를 살랑살랑 흔들며
새빨간 얼굴을 어루만지며 지난다.
그러면 코스모스는 자기 얼굴이 잘난 것처럼
더욱 얼굴을 환하게 펴고
지나는 벌 나비들을 청해서
그들이 앉으면 간지러운 듯이 고개를 갸웃하고
딴 모스의 가루를 자기 얼굴에 파묻곤 한다.

어여쁜 여덟 얼굴
'모스야, 너는 그 예쁜 얼굴만 해도 잘 살겠다.'
벌 나비들은 여전히 말한다.
악독한 사람이라도 모스의 향기와
얼굴에 눈을 감는다.
찬 서리가 온 뒷날

모스는 낯을 씻고 추운 듯이 해님을 기다린다.

빵긋 웃는 해님이 떠오를 때면
모스는 얼굴을 내민다.
온갖 꽃 중에도 향기와 모양은 말 못 한다.
온종일 벌 나비 해님과 놀다가
해님이 숨을 때면
다 같이 마지막 인사를 하고는
내일 또 만나자는 순식간의 작별을 하고는
코스모스는 고개를 숙인다.

제 5 편

새 마음의 우리 마을

개교기념일

가천교 세운 날 7월 24일
4276년에 세웠다면은
지금이 16년이라 기나긴 역사
여기서 배우면 새나라 일꾼
여기서 배우면 세계의 인물
여기서 배우면 사회의 근본자
여기는 가천교 배움터라네.

참새들 짹짹짹 온갖 꽃이
활짝 피어 만발하였고
앞내에는 맑은 물이 흐르신다네.
16년의 역사를 뒤돌아 볼 때면
남의 학교 못지않은
훌륭한 분이 이 학교 건설에 앞장섰다네.

둥둥둥 울려라 북을 울려라

우리 학교 가천 학교 빛내는 뜻에서

지나가는 사람마다 칭찬하게끔

모자라는 물건을 보충해서 빛내자

길이길이 가천교.

가천초등학교 정문(1999년 9월 1일자로 폐교, 삼성초등학교와 통합)

만우절

나는 나는 속았어요.
아빠에게 속았어요.
돈 백환 준다더니
그만 그만 속았지요.

난난 속았어요.
엄마에게 속았어요.
봄옷, 고운 옷 사준다더니
그만 속았지요.

나는 나는 속았어요.
만우절에 속았어요.
아빠 엄마 약속이
그만 그만 헛됐죠.

문학

우리나라 빛내자 문학으로

우리가 원하는 남북통일도 문학으로

새 한글 기준 삼아 문학에

정성을 다하여

새나라 꾸미자

문학으로.

새 마음의 우리 마을

와룡산은 여전히 뻗었다.
아! 새 공기 새로운 마음
와! 들려오는 우렁찬 목소리
오! 씩씩한 농군의 발걸음
하하하! 기쁨의 마을
희망이 넘치는 우리 마을
여기에 평화로움이 깃든다.

시골 정거장

꼬부라진 옥희 어머니
좁다란 골목길에 과일 갖다 팔고

'땡그랑' '땡그랑' 혜철 아빠
엿 갖다 파는 시골 정거장

가로수 바람에 흔들리는데
애들은 한데 뭉쳐
맛있는 과일 입에 넣고
길고긴 엿가락을
한입에 넣어 버리는
가로수 뜻 받는 시골 정거장.

126

시험 합격자 발표

있는 힘 다하여 시험 쳤건만
두 가슴의 활동은 종전과 달라
활발하던 손과 발도 제대로 못 하고
많이 먹던 음식도 안 넘어가는
곤란스러운 시험 치기
오늘은 실력 다툰 발표회 날이래요.
부모님 말씀 따라 발표회 장까지 가 보았더니
두 눈은 새알처럼 똘래똘래.

열심히 열심히 찾아보았더니
내 번호 51번 나타난 것 보고
기뻐서 기뻐서 달려와서는
부모님께 말씀드렸더니
더욱더 열심히 공부하여라.
하는 부모님의 말씀거리.

역사대

빛나는 대한민국 앞장이 된 우리의 조국의
생명이 된 지나온 역사의 천지를 보면
한어운 생각이 단군이지요.
뻗어온 이 나라에 무궁화꽃 피었네.
백두산의 줄기가 만발하였고
지켜온 이 나라에 무궁화꽃 피었네 피었네요.
독립된 민족백성 우렁찬 목소리
천지혁명 앞장이 서고
나날의 정치가 이어질 때에
한없는 세기에 통일이여 오라.

우천 동민 행진곡

손을 펴라 우천아 힘찬 발걸음을
씩씩한 발걸음을 멈추지 말고
광명한 아침 해를 바라보면서
너도나도 힘찬 일터로 가잔다.

노력하는 우천아 성공이 온다.
오늘도 교육 받고 내일도 받고
언제나 힘차게 움직이거라.
늠름하게 걷는 자 행복이 온다네.

솔솔 부는 봄바람 기상을 삼고
오늘도 향토 개발 앞장을 서자.
꿋꿋한 우리 마음 훌륭도 하구나.
뜨거운 우리 정성 신이 도우리라.

잃어버린 것

오늘은 웬일인지
무엇 하나 잃은 것처럼 궁금해요.
아차! 아버지에게 얻은 돈 백환이래요.
내가 제일 아끼고 좋아하는
돈이 없어져 버렸죠.
아까운 돈 백환
언제나 머리에서 떠나지 않았죠.

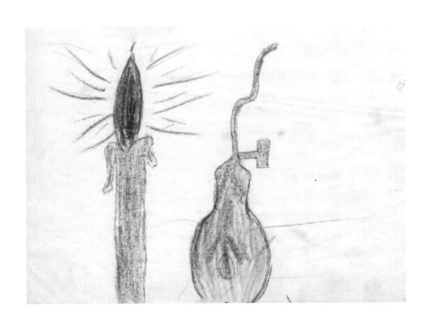

촛불

한결같이 불어오는 봄바람 불어오며는
촛불은 꺼질듯 말듯
농촌의 불빛은 촛불
농촌에서 태어난 나는 장차 커서
이 농촌을 꾸미고 이끄는 훌륭한
농촌부 장관이 되리라는 생각까지 했다.

통일이여 오라

아름다운 이 강산

통일이 오면 통일이 오면

너도 나도 가슴에 꽃을 달고서

지나간 잘못도

꿈결같이 사라지고

빵긋빵긋 얼굴에는

조국의 애국심.

마을 앞 여름 휴양지로 가는 길

제 6 편

마음의 천연

마을 한복판 타작마당에 서 있는 느티나무

마음의 천연

아빠 잃고 엄마 잃은 나의 형편에
가련고 불구자에 잉크만 묻고
외로운 나의 가슴 동백꽃만 피었네.
이런 봄에 날새고운 물결만 쳐도
나는 좋고도록 가슴에 묻은 장미는
천연의 결백의 땡궁 땡 땡 땡궁

고민한 회의의 생사들이 봄치마 치지요.
나는요 기쁘요. 즐거운 나의 빛 빛나지요.
기쁘요. 마음의 천연.

어린 시절

나 심정

고동소리 슬피우는 고요한 이 밤
나 홀로 이 밤에 쓸쓸히 지내
갸륵한 이 마음 천지에 벌려
눈물의 세기에 통일이여 오라.

날씨는 고요하게 지내이더마는
조용한 이 넋이 벌리이더마는
교훈은 배움에서 날의 세기에
호색의 빛은 날로 지노라.
초만물 색색들이 이날 찾아서
희고한 마음이 날로 심하여
날세의 이 밤은 호만이든만
천만만의 인사가 환영이래요.